Fiocco di neve

Giralangolo

A mio padre,
che ha ispirato questa storia – il vero Nonnino.

Fiocco di neve

Benji Davies

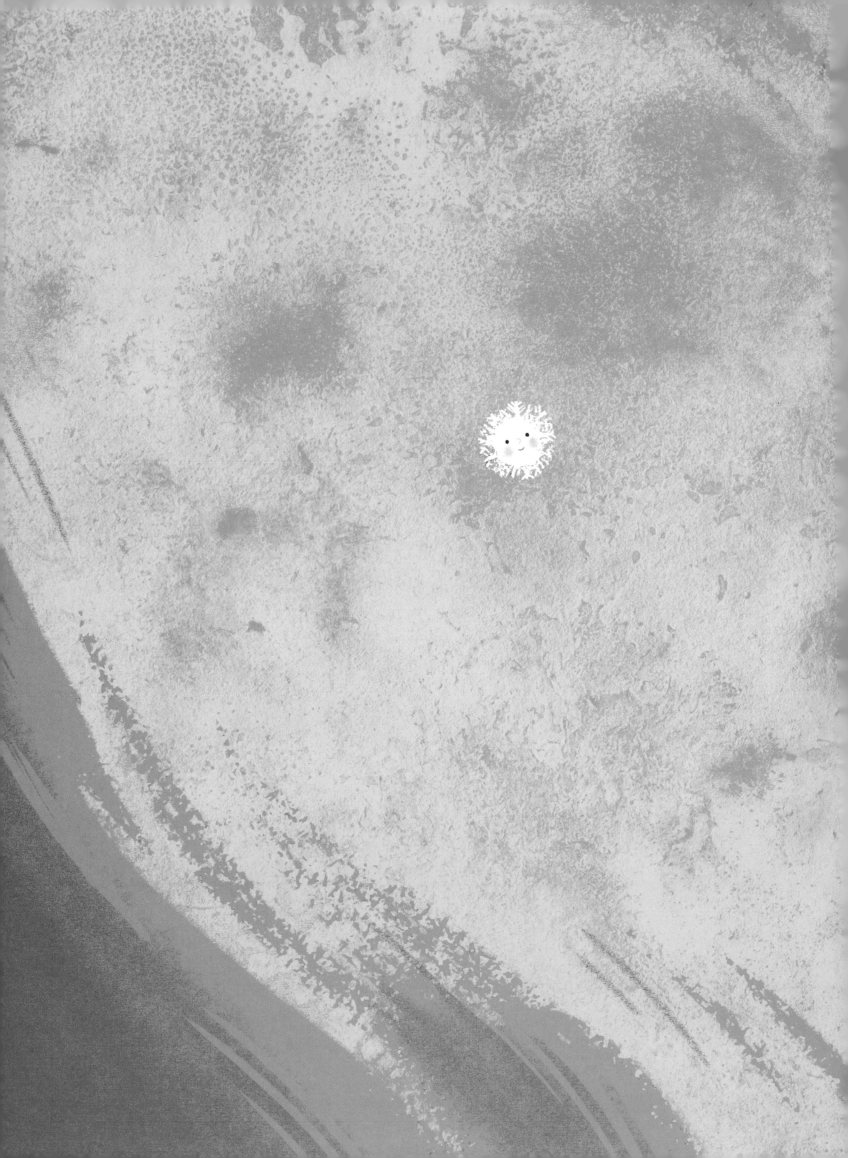

In alto nel cielo, in una notte d'inverno
si formò un fiocco di neve.

Roteò, rimbalzò e volteggiò
tra le nuvole.

"Uiii!" gridò felice.

Subito dopo però cominciò a precipitare.

"Ma io non voglio cadere giù!", disse fiocco di neve.

"Devi cadere", disse una nuvola.
"Questo è quello che fanno i fiocchi di neve".

"Ma io non voglio", implorò fiocco di neve.
"Aiutami, nuvola! Impediscimi di cadere!"

"Troverai un modo…" rispose la nuvola, "Buona fortuna!"

Fiocco di neve non sapeva bene come fare.
Allora si contorse di qua e di là,
di là e di qua…

E a suon di far capriole di qua e di là
a fiocco di neve iniziò a girar la testa.

Poco lontano, in una piccola città tra le colline,
una bambina di nome Noelle e suo nonno, Nonnino,
stavano tornando a casa.

Nella fredda aria invernale, il respiro di Noelle creò delle nuvolette.
Sarebbe meraviglioso se stanotte nevicasse, pensò.

Fiocco di neve, precipitando, volteggiò tra boschi e colline.

Vagolò su valli e fiumi.

Sperò che la sua caduta stesse finendo…

... quando vide un posto che sembrava promettente.

Ma ogni volta che pensava di essere lì lì per atterrare…

… il vento lo trascinava un po' più in là.

Fiocco di neve non poteva farci niente.

Volò sopra molte finestre e vetrine che brillavano
come lanterne nella luce della sera.

In una vetrina vide un albero avvolto dalle luci,
sulla cima brillava una stella luminosa.

Per un istante fiocco di neve
si scordò di stare cadendo.

*Oh, come sarebbe
bello essere la stella di
quell'albero scintillante,*
pensò.

Anche Noelle vide quella vetrina. L'albero aveva decorazioni
di tutti i colori e in cima una stella splendeva luccicante.

Noelle desiderava un albero proprio come quello.
"Forse il prossimo anno", disse Nonnino.

Passarono accanto a molte altre finestre con degli alberi,
tutti diversi, tutti bellissimi.

Poi lungo la strada, non lontano da casa, Noelle trovò un ramo.

"Il mio piccolo albero!"
esclamò.

In alto, l'aria si faceva più fredda, il cielo più scuro e il vento più forte…
e fiocco di neve continuò a turbinare nel suo soffio.

Si chiese se avrebbe mai trovato un posto dove atterrare.

Poi sentì delle risate nel vento…

Erano altri come lui, altri fiocchi di neve!
Ballarono e volteggiarono insieme nell'aria della sera.

Poi si unirono a loro altri fiocchi di neve,
e insieme vorticarono di qua e di là, l'uno attorno all'altro.

Restarono a lungo così, uno accanto all'altro.
Ogni fiocco era diverso.

Ma tutti, ognuno a proprio modo, stavano cadendo
e questo fece sentire fiocco di neve molto meglio.

Quando Noelle arrivò a casa
si mise al lavoro.

La mamma tirò giù
delle vecchie scatole e dei fogli,
e Noelle decorò l'albero
insieme a Nonnino.

Usarono tanti colori diversi,
come quelli dell'albero
nella vetrina.

E con la carta fecero anche
qualche fiocco di neve.

Noelle mise l'albero fuori, dove poteva vederlo bene.

Sperava che i suoi ramoscelli
potessero essere presto ricoperti di *neve vera*.

Ma mentre stava andando a letto,
Noelle sentì che al suo albero mancava qualcosa.

Qualcosa di importante.
Non sapeva bene cosa.

In alto, sopra la casa, il cielo vorticava…
turbinava…
volteggiava…
precipitava…

"Quasi arrivati!"
sussurrò la nuvola.

Il mattino dopo, quando Noelle si svegliò,
il mondo sembrava diverso.

Ogni cosa era più luminosa,
più silenziosa, più morbida.

Appena fu fuori dal letto
le venne in mente una cosa.

"Il mio piccolo albero!"

Noelle rimase a bocca aperta!

Ogni tetto, ogni collina e ogni albero era diventato bianco.

Un fiocco di neve speciale si era posato
proprio in cima al piccolo albero di Noelle.

"Ce l'ho fatta!" disse fiocco di neve. "Ho trovato un modo per smettere di cadere".

E si sentì molto felice.

Noelle danzò nella luce del mattino.

Fiocco di neve catturò il sole splendente
e brillò come una stella.

Titolo originale: *The Snowflake*
Testo italiano di Anselmo Roveda

Pubblicato per la prima volta in Gran Bretagna nel 2020 da HarperCollins *Children's Books*,
una divisione di HarperCollins*Publishers* Ltd.
Tradotto su autorizzazione di HarperCollins*Publishers* Ltd.

Giralangolo è un marchio EDT

© 2021 per l'edizione italiana EDT srl
17 via Pianezza, 10149 Torino
giralangolo.it, edt.it
ISBN 978-88-5927-889-4

Stampato in Malaysia da Papercraft
Terza ristampa marzo 2023